內篇 卷二

修身

六合是我底六合，那個是人？我是六合底我，那個是我？

世上沒個分外好底，便到天地位、萬物育底功用，也是性分中應盡底事業。今人纔有一善，便向人有矜色，便見得世上人都有不是，余甚耻之。若說分外好，這又是賢智之過，便不是好。

率真者無心過，殊多躁言輕舉之失；慎密者無口過，不免厚貌深情之累。心事如青天白日，言動如履薄臨深，其惟君子乎？

沉靜最是美質，蓋心存而不放者。今人獨居無事，已自岑寂難堪，纔應事接人，便任口恣情，即是清狂，亦非蓄德之器。

攻己惡者，顧不得攻人之惡。若嘵嘵爾雌黃人，定是自治疏底。

大事、難事看擔當，逆境、順境看襟度，臨喜、臨怒看涵養，群行、群止看識見。

身是心當，家是主人翁當，郡邑是守令當，九邊是將帥當，千官是冢宰當，天下是天子當，道是聖人當。故宇宙內幾樁大事，學者要挺身獨任，讓不得別人，亦與人計行止不得。

作人怕似渴睡漢，纔喚醒時睁眼若有知，旋復沉困，竟是寐中人。須如朝興櫛盥之後，神爽氣清，冷冷勁勁，方是真醒。

人生得有餘氣，便有受用處。言盡口說，事盡意做，此是薄命子。

清人不借外景爲襟懷，高士不以塵識染情性。

官吏不要錢，男兒不做賊，女子不失身，纔有了一分人。連這個也犯了，再休說別個。

纔有一段公直之氣，而出言做事便露圭角，是大病痛。

講學論道于師友之時，知其心術之所藏何如也；飭躬勵行于見聞之地，知其暗室之所爲何如也。然則盜跖非元憝也，彼盜利而不盜名也。世之大盜，名利兩得者居其最。

圓融者無詭隨之態，精細者無苛察之心，方正者無乖拂之失，沉默者無陰險之術，誠篤者無椎魯之累，光明者無淺露之病，勁直者無徑情之偏，執持者無拘泥之迹，敏練者無輕浮之狀，此是全才。有所長而矯其長之失，此是善學。

不足與有爲者自附于行所無事之名，和光同塵者自附于無可無不可之名，聖人惡莠也以此。

古之士民，各安其業，策勵精神，點檢心事。晝之所爲，夜而思之，又思明日之所爲。君子汲汲其德，小人汲汲其業，日累月進，旦興晏息，不敢有一息惰慢之氣。夫是以士無慆德，民無怠行；夫是以家給人足，道明德積。身用康强，不即于禍。今也不然，百畝之家不親力作，一命之士不治常業，浪談邪議，聚笑覓歡，耽心耳目之玩，騁情游戲之樂，身衣綺縠，口厭芻豢，志溺驕佚，懵然不知日用之所爲，而其室家土田百物往來之費又足以荒志而養其淫，消耗年華，妄費日用。噫！是亦名爲人也，無惑乎後艱之踵至也。

世人之形容人過，只象個盜跖；回護自家，只象個堯舜。不知這却是以堯舜望人，而以盜跖自待也。

孟子看鄉黨自好看得甚卑，近來看鄉黨人自好底不多。愛名惜節，自好之謂也。

少年之情，欲收斂不欲豪暢，可以謹德；老人之情，欲豪暢不欲鬱閼，可以養生。

廣所依不如擇所依，擇所依不如無所依。無所依者，依天也。依天者有獨知之契，雖獨立宇宙之內而不謂孤。衆傾之、衆毀之而不爲動，此之謂男子。

坐間皆談笑而我色莊，坐間皆悲感而我色怡，此之謂乖戾，處己處人兩失之。

精明也要十分，只須藏在渾厚裏作用。古今得禍，精明人十居其九，未有渾厚而得禍者。今之人惟恐精明不至，乃所以爲愚也。

分明認得自家是，只管擔當直前做去。却因毀言輒便消沮，這是極無定力底，不可以任天下之重。

小屈以求大伸，聖賢不爲。吾道必大行之日然後見，便是抱關擊柝，自有不可枉之道。松柏生來便直，士君子窮居便正。若曰在下位、遇難事姑韜光忍耻，以圖他日貴達之時，然後直躬行道，此不但出處爲兩截人，即既仕之後，又爲兩截人矣。又安知大任到手不放過邪！

才能技藝，讓他占個高名，莫與角勝。至于綱常大節，則定要自家努力，不可退居人後。

處衆人中，孤另另的別作一色人，亦吾道之所不取也。子曰：『群而不黨。』群占了八九分，不黨只到那不可處方用。其用之也，不害其群，纔見把持，纔見涵養。

今之人只將『好名』二字坐君子罪，不知名是自好不將去。分人以財者，實費財；教人以善者，實勞心；臣死忠、子死孝、婦死節者，實殺身；一介不取者，實無所得。試着渠將這好名兒好一好，肯不肯？即使真正好名，所爲却是道理。彼不好名者，舜乎？跖乎？果舜邪，真加于好名一等矣；果跖邪，是不好美名而好惡名也。愚悲世之人以好名沮君子，而君子亦畏好名之譏而自沮，吾道之大害也，故不得不辨。

凡我君子，其尚獨，復自持，毋爲嘵嘵者所撼哉！

大其心，容天下之物；虛其心，受天下之善；平其心，論天下之事；潛其心，觀天下之理；定其心，應天下之變。

古之居民上者，治一邑則任一邑之重，治一郡則任一郡之重，治天下則任天下之重。朝夕思慮其事，日夜經紀其務。一物失所，不遑安席；一事失理，不遑安食。限于才者求盡吾心，限于勢者求滿吾分，不愧于君之付托、民之仰望，然後食君之禄，享民之奉，泰然無所歉，反焉無所愧，否則是食浮于功也，君子耻之。

盜嫂之誣直不疑，撾婦翁之誣第五倫，皆二子之幸也。何者？誣其所無。無近似之迹也，雖不辨而久則自明也。或曰：使二子有嫂、有婦翁，亦當辨否？曰：嫌疑之迹，君子安得不辨？『予所否者，天厭之，天厭之。』若付之無言，是與馬償金之類也，君子之所惡也。故君子不潔己以病人，亦不自污以徇世。

聽言不爽，非聖人不能。根以有成之心，蜚以近似之語，加之以不避嫌之事，當倉卒無及之際，懷隔閡難辨之根，父子可以相賊，死亡可以不顧，怒室鬩墻，稽唇反目，何足道哉！古今國家之敗亡，此居强半。聖人忘于無言，智者照以先覺，賢者熄于未著，剛者絶其口語，忍者斷于不行。非此五者，無良術矣。

榮辱繫乎所立。所立者固，則榮隨之，雖有可辱，人不忍加也；所立者廢，則辱隨之，雖有可榮，人不屑及也。是故君子愛其所自立，懼其所自廢。

掩護勿攻，屈服勿怒，此用威者之所當知也。無功勿賞，盛寵勿加，此用愛者之所當知也。反是皆敗道也。

稱人之善，我有一善，又何妒焉？稱人之惡，我有一惡，又何毁焉？

善居功者，讓大美而不居；善居名者，避大名而不受。

善者不必福，惡者不必禍，君子稔知之也，寧禍而不肯爲惡。忠直者窮，諛佞者通，君子稔知之也，寧窮而不肯爲佞。非但知理有當然，亦其心有所不容己耳。

居尊大之位，而使賢者忘其貴重，卑者樂于親炙，則其人可知矣。

人不難于違衆，而難于違己。能違己矣，違衆何難？

攻我之過者，未必皆無過之人也。苟求無過之人攻我，則終身不得聞過矣。我當感其攻我之益而已，彼有過無過何暇計哉！

恬淡老成人又不能俯仰，一世便覺乾燥；圓和甘潤人又不能把持，一身便覺脂韋。

做人要做個萬全，至于名利地步休要十分占盡，常要分與大家，就帶些缺綻不妨。何者？天下無人己俱遂之事，我得人必失，我利人必害，我榮人必辱，我有美名人必有愧色。是以君子貪德而讓名，辭完而處缺。使人我一般，不嶢嶢露頭角、立標臬，而胸中自有無限之樂。孔子謙己，嘗自附于尋常人，此中極有意趣。

『明理省事』甚難，此四字終身理會不盡，得了時無往而不裕如。

胸中有一個見識，則不惑于紛雜之説；有一段道理，則不撓于鄙俗之見。《詩》云：『匪先民是程，匪大猷是經，惟邇言是爭。』平生讀聖賢書，某事與之合，某事與之背，即知所適從，知所去取，否則口《詩》、《書》而心衆人也，身儒衣冠而行鄙夫也，此士之根荄也。

世人喜言無好人，此孟浪語也。今且不須擇人，只于市井稠人中聚百人而各取其所長，人必有一善，集百人之善可以爲賢人。人必有一見，集百人之見可以決大計。恐我于百人中未必人人高出之也，而安可忽匹夫匹婦哉！

學欲博，技欲工，難説不是一長。總較作人，只是够了便止。學如班、馬，字如鍾、王，文如曹、劉，詩如李、杜，錚錚千古知名，只是個小藝習，所貴在作人好。

到當説處，一句便有千鈞之力，却又不激不疏，此是言之上乘，除此雖十緘也不妨。

循弊規若時王之制，守時套若先聖之經，侈己自得，惡聞正論，是人也，亦大可憐矣，世教奚賴焉！

心要常操，身要常勞。心愈操愈精明，身愈勞愈强健。但自不可過耳。

未適可，必止可；既適可，不過可，務求適可而止。此吾人日用持循，須臾粗心不得。

士君子之偶聚也，不言身心性命，則言天下國家；不言物理人情，則言風俗世道；不規目前過失，則問平生德業。傍花隨柳之間，吟風弄月之際，都無鄙俗媟嫚之談，謂此心不可一時流于邪僻，此身不可一日令之偷惰也。若一相逢，不是褻狎，便是亂講，此與僕隸下人何异？只多了這衣冠耳。

作人要如神龍，屈伸變化，自得自如，不可爲勢利術數所拘縛。若羈絆隨人，不能自決，只是個牛羊。然亦不可嘵嘵悻悻。故大智上哲看得幾事分明，外面要無迹無言，胸中要獨往獨來，怎被機械人駕馭得？

『財色名位』此四字，考人品之大節目也。這裏打不過，小善不足録矣。自古砥礪名節者，兢兢在這裏做功夫，最不可容易放過。

古之人非曰位居貴要，分爲尊長，而遂無可言之人、無可指之過也；非曰卑幼貧賤之人一無所知識，即有知識而亦不當言也。蓋體統名分，確然不可易者，在道義之外；以道相成，以心相與，在體統名分之外。哀哉！後世之貴要尊長而遂無過也。

只盡日點檢自家，發出念頭來，果是人心？果是道心？出言行事果是公正？果是私曲？自家人品自家定了幾分？何暇非笑人，又何敢喜人之譽己邪？

往見『泰山喬岳以立身』四語甚愛之，疑有未盡，因推廣爲男兒八景，云：『泰山喬岳之身，海闊天空之腹，和風甘雨之色，日照月臨之目，旋乾轉坤之手，磐石砥柱之足，臨深履薄之心，玉潔冰清之骨。』此八景予甚愧之，當與同志者竭力從事焉。

求人已不可，又求人之轉求；徇人之求已不可，又轉求人之徇人；患難求人已不可，又以富貴利達求人。此丈夫之耻也。

文名、才名、藝名、勇名，人盡讓得過，惟是道德之名則妒者衆矣。無文、無才、無藝、無勇，人盡謙得起，惟是無道德之名則愧者衆矣。君子以道德之實潛修，以道德之名自掩。

『有諸己而後求諸人，無諸己而後非諸人』，固是藏身之恕。有諸己而不求諸人，無諸己而不非諸人，自是無言之感。《大學》爲居上者言，若士君子守身之常法，則余言亦蓄德之道也。

乾坤盡大，何處容我不得？而到處不爲人所容，則我之難容也。眇然一身而爲世上難容之人，乃號于人曰：人之不能容我也。吁！亦愚矣哉！

名分者，天下之所共守者也。名分不立，則朝廷之紀綱不尊而法令不行。聖人以名分行道，曲士恃道以壓名分，不知孔子之道視魯侯奚啻天壤，而《鄉黨》一篇何等盡君臣之禮！乃知尊名分與諂時勢不同，名分所在，一毫不敢傲惰；時勢所在，一毫不敢阿諛。固哉！世之腐儒以尊名分爲諂時勢也。卑哉！世之鄙夫以諂時勢爲尊名分也。

聖人之道太和而已，故萬物皆育。便是秋冬不害其爲太和，況太和又未嘗不在秋冬宇宙間哉！余性褊，無弘度、平心、温容、巽語，願從事于太和之道以自廣焉。

只竟夕點檢，今日説得幾句話，關係身心；行得幾件事，有益世道，自慊自愧，恍然獨覺矣。若醉酒飽肉，恣談浪笑，却不錯過了一日；亂言妄動，昧理從欲，却不作孽了一日。

只一個俗念頭，錯做了一生人；只一雙俗眼目，錯認了一生人。

少年只要想我見在幹些甚麽事，到頭成個甚麽人，這便有多少恨心！多少愧汗！如何放得自家過？

明鏡雖足以照秋毫之末，然持以照面不照手者何？面不自見，借鏡以見，若手則吾自見之矣。鏡雖明不明于目也，故君子貴自知自信。以人言爲進止，是照手之識也。若耳目識見所不及，則匪天下之見聞不濟矣。

義、命、法，此三者，君子之所以定身，而衆人之所妄念者也。從妄念而巧邪，圖以幸其私，君子耻之。夫義不當爲，命不能爲，法不敢爲，雖欲强之，豈惟無獲，所喪多矣。即獲亦非福也。

避嫌者，尋嫌者也；自辨者，自誣者也。心事重門洞達，略不回邪，行事八窗玲瓏，毫無遮障，則見者服，聞者信。稍有不白之誣，將家家爲吾稱冤，人人爲吾置喙矣。此之謂潔品，不自潔而人潔之。

善之當爲，如飲食衣服然，乃吾人日用常行事也。人未聞有以禍福廢衣食者，而爲善則以禍福爲行止。未聞有以毁譽廢衣食者，而爲善則以毀譽爲行止。惟爲善心不真誠之故耳。果真果誠，尚有甘死飢寒而樂于趨善者。

有象而無體者，畫人也，欲爲而不能爲；有體而無用者，塑人也，清净尊敬，享犧牲香火，而一無所爲；有運動而無知覺者，偶人也，待提掇指使而後爲。此三人者，身無血氣，心無靈明，吾無責矣。

我身原無貧富貴賤得失榮辱字，我只是個我，故富貴貧賤得失榮辱如春風秋月，自去自來，與心全不牽挂，我到底只是個我。夫如是，故可貧可富，可貴可賤，可得可失，可榮可辱。今人惟富貴是貪，其得之也必喜，其失之也如何不悲？其得之也爲榮，其失之也如何不辱？全是靠着假景作真身，外物爲分内。此二氏之所笑也，况吾儒乎？吾輩做工夫，這個是第一，吾愧不能，以告同志者。

『本分』二字，妙不容言。君子持身不可不知本分。知本分則千態萬狀一毫加損不得。聖王爲治，當使民得其本分，得本分則榮辱死生一毫怨望不得。子弒父，臣弒君，皆由不知本分始。

兩柔無聲，合也；一柔無聲，受也。兩剛必碎，激也；一剛必損，積也。故《易》取一剛一柔，是謂平中，以成天下之務，以和一身之德，君子尚之。

毋以人譽而遂謂無過，世道尚渾厚，人人有心史也。人之心史真，惟我有心史而後無畏人之心史矣。

淫怒是大惡，裹面御不住氣，外面顧不得人，成甚涵養！或曰：涵養獨無怒乎？曰：聖賢之怒自別。

凡智愚無他，在讀書與不讀書；禍福無他，在爲善與不爲善；貧富無他，在勤儉與不勤儉；毀譽無他，在仁恕與不仁恕。

古人之寬大，非直爲道理當如此，然煞有受用處。弘器度以養德也，省怨怒以養氣也，絶仇讎以遠禍也。

平日讀書，惟有做官是展布時，將窮居所見聞及生平所欲爲者一一試嘗之。須是所理之政事各得其宜，所治之人物各得其所，纔是滿了本然底分量。

只見得眼前都不可意，便是個礙世之人。人不可我意，我必不可人意。不可人意者我一人，不可我意者千萬人。嗚呼！未有不可千萬人意而不危者也。是故智者能與世宜，至人不與世礙。

性分、職分、名分、勢分，此四者，宇内之大物。性分、職分在己，在己者不可不盡；名分、勢分在上，在上者不可不守。

初看得我污了世界，便是個盜跖；後看得世界污了我，便是個伯夷；最後看得世界也不污我，我也不污世界，便是個老子。

士君子作人不長進，只是不用心、不着力。其所以不用心、不着力者，只是不愧不奮。能愧能奮，聖人可至。

有道之言，將之心悟；有德之言，得之躬行。有道之言弘暢，有德之言親切。有道之言如游萬貨之肆，有德之言如發萬貨之商。有道者不容不言，有德者無俟于言。雖然，未嘗不言也，故曰：『有德者必有言。』

學者説話要簡重從容，循物傍事，這便是説話中涵養。

或問：不怨不尤了，恐于事天處人上更要留心不？曰：這天人兩項，千頭萬緒，如何照管得來？有個簡便之法，只在自家身上做，一念、一言、一事都點檢得，没我分毫不是，那禍福毁譽都不須理會。我無求禍之道而禍來，自有天耽錯；我無致毁之道而毁來，自有人耽錯，與我全不干涉。若福與譽是我應得底，我不加喜；是我悖得底，我且惶懼愧赧。況天也有力量不能底，人也有知識不到底，也要體悉他。

却有一件緊要，生怕我不能格天動物。這個稍有欠缺，自怨自尤且不暇，又那顧得別個？孔子說個『上不怨、下不尤』，是不願乎其外道理；孟子說個『仰不愧、俯不怍』，是素位而行道理，此二意常相須。

天理本自廉退，而吾又處之以疏；人欲本善夤緣，而吾又狎之以親。小人滿方寸，而君子在千里之外矣，欲身之修，得乎？故學者與天理處，始則敬之如師保，既而親之如骨肉，久則渾化爲一體。人欲雖欲乘間而入也，無從矣。

氣忌盛，心忌滿，才忌露。

外勍敵五：聲色、貨利、名位、患難、晏安。內勍敵五：惡怒、喜好、牽纏、褊急、積慣。士君子終日被這個昏惑凌駕，此小勇者之所納款，而大勇者之所務克也。

玄奇之疾，醫以平易；英發之疾，醫以深沉；闊大之疾，醫以充實。不遠之復，不若未行之審也。

奮始怠終，修業之賊也；緩前急後，應事之賊也；躁心浮氣，畜德之賊也；疾言厲色，處衆之賊也。

名心盛者必作僞。

做大官底是一樣家數，做好人底是一樣家數。

見義不爲，又托之違衆，此力行者之大戒也。若肯務實，又自逃名，不患于無術，吾竊以自恨焉。

『恭敬謙謹』，此四字有心之善也；『狎侮傲凌』，此四字有心之惡也。人所易知也。至于『怠忽惰慢』，此四字乃無心之失耳，而丹書之戒，怠勝敬者凶，論治忽者，至分存亡，《大學》以傲惰同論，曾子以暴慢連語者，何哉？蓋天下之禍患皆起于四字，一身之罪過皆生于四字。怠則一切苟且，忽則一切昏忘，惰則一切疏懶，慢則一切延遲。以之應事則萬事皆廢，以之接人則衆心皆離。古人臨民如馭朽索，使人如承大祭，況接平交以上者乎？古人處事不泄邇，不忘遠，況目前之親切重大者乎？故曰『無衆寡，無小大，無敢慢』，此九字即『毋不敬』。『毋不敬』三字非但聖狂之分，存亡治亂、死生禍福之關也，必然不易之理也，沉心精應者始真知之。

人一生大罪過，只在『自是自私』四字。

古人慎言，每云『有餘不敢盡』。今人只盡其餘還不成大過，只是附會支吾，心知其非而取辯于口，不至屈人不止，則又盡有餘者之罪人也。

真正受用處，十分用不得一分，那九分都無些干係，而拼死忘生、忍辱動氣以求之者，皆九分也。何術悟得他醒？可笑可嘆！

貧不足羞，可羞是貧而無志；賤不足惡，可惡是賤而無能；老不足嘆，可嘆是老而虛生；死不足悲，可悲是死而無聞。

聖人之聞善言也，欣欣然惟恐尼之，故和之以同言，以開其樂告之誠。聖人之聞過言也，引引然惟恐拂之，故內之以溫色，以誘其忠告之實。何也？進德改過爲其有益于我也。此之謂至知。

古者招隱逸，今也獎恬退，吾黨可以愧矣。古者隱逸養道，不得已而後出；今者恬退養望，邀虛名以干進。吾黨可以戒矣。

喜來時一點檢，怒來時一點檢，怠惰時一點檢，放肆時一點檢，此是省察大條款。人到此，多想不起，顧不得，一錯了便悔不及。

治亂係所用事。天下國家，君子用事則治，小人用事則亂。一身，德性用事則治，氣習用事則亂。

難管底是任意，難防底是慣病，此處着力，便是穴上着針、癢處着手。

試點檢終日説話，有幾句恰好底，便見所養。

業刻木如鋸齒，古無文字，用以記日行之事數也。一事畢則去一刻，事俱畢則盡去之，謂之修業。更事則再刻如前。大事則大刻，謂之大業；多事則多刻，謂之廣業。士農工商所業不同，謂之常業；農爲士則改刻，謂之易業。古人未有一生無所業者，未有一日不修業者，故古人身修事理而無怠惰荒寧之時，常有憂勤惕勵之志。一日無事則一日不安，懼業之不修而曠日之不可也。今也昏昏蕩蕩，四肢不可收拾，窮年終日無一猷爲，放逸而入于禽獸者，無業之故也。人生兩間，無一事可見，無一善可稱，資衣藉食于人而偷安惰行以死，可羞也已。

古之謗人也，忠厚誠篤。《株林》之語，何等渾涵；輿人之謡，猶道實事。後世則不然，所怨在此，所謗在彼。彼固知其所怨者未必上之非而其謗不足以行也，乃别生一項議論。其才辨附會足以泯吾怨之之實，啓人信之之心，能使被謗者不能免謗之之禍，而我逃謗人之罪。嗚呼！今之謗，雖古之君子且避忌之矣。聖賢處謗無别法，只是自修，其禍福則聽之耳。

處利則要人做君子，我做小人；處名則要人做小人，我做君子，斯惑之甚也。聖賢處利讓利，處名讓名，故淡然恬然，不與世忤。

任教萬分矜持，千分點檢，裏面無自然根本，倉卒之際、忽突之頃，本態自然露出。是以君子慎獨。獨中只有這個，發出來只是這個，何勞回護？何用支吾？

力有所不能，聖人不以無可奈何者責人；心有所當盡，聖人不以無可奈何者自諉。

或問：孔子緇衣羔裘，素衣麑裘，黄衣狐裘，無乃非儉素之義與？曰：公此問甚好。慎修君子，寧失之儉素不妨。若論大中至正之道得之，爲有財却儉不中禮，與無財不得爲而侈然自奉者相去雖遠，而失中則均。聖賢不諱奢之名，不貪儉之美，只要道理上恰好耳。

寡恩曰薄，傷恩曰刻，盡事曰切，過事曰激。此四者，寬厚之所深戒也。

《易》稱『道濟天下』，而吾儒事業動稱行道濟時、濟世安民。聖人未嘗不貴濟也。舟覆矣，而保得舟在，謂之濟可乎？故爲天下者，患知有其身，有其身不可以爲天下。

萬物安于知足，死于無厭。

足恭過厚，多文密節，皆名教之罪人也。聖人之道自有中正。彼鄉原者，徼名懼譏，希進求榮，辱身降志，皆所不恤，遂成舉世通套。雖直道清節之君子，稍無砥柱之力，不免逐波隨流。其砥柱者旋以得罪。嗟夫！佞風諛俗，不有持衡當路者一極力挽回之，世道何時復古邪？

時時體悉人情，念念持循天理。

愈進修，愈覺不長；愈點檢，愈覺有非。何者？不留意作人，自家盡看得過；只日日留意向上，看得自家都是病痛，那有些好處？初頭只見得人欲中過失，久久又見得天理中過失，到無天理過失則中行矣。又有不自然、不渾化、着色吃力過失，走出這個邊境，纔是聖人，能立無過之地。故學者以有一善自多，以寡一過自幸，皆無志者也。急行者只見道遠而足不前，急耘者只見草多而鋤不利。

禮義之大防，壞于衆人一念之苟。譬如由徑之人，只爲一時倦行幾步，便平地踏破一條蹊徑。後來人跟尋舊迹，踵成不可塞之大道。是以君子當衆人所驚之事略不動容，纔干礙禮義上些須，便愕然變色，若觸大刑憲然。懼大防之不可潰，而微端之不可開也。嗟夫！此衆人之所謂迂而不以爲重輕者也，此開天下不可塞之釁者，自苟且之人始也。

大行之美，以孝爲第一；細行之美，以廉爲第一。此二者，君子之所務敦也。然而不辨之申生不如不告之舜，井上之李不如受饋之鵝。此二者，孝廉之所務辨也。

吉凶禍福是天主張，毀譽予奪是人主張，立身行己是我主張。此三者不相奪也。

不得罪于法易，不得罪于理難，君子只是不得罪于理耳。

凡在我者，都是分內底；在天在人者，都是分外底。學者要明于內外之分，則在內缺一分便是不成人處，在外得一分便是該知足處。

聽言觀行，是取人之道；樂其言而不問其人，是取善之道。今人惡聞善言，便訑訑曰：『彼能言而行不逮言，何足取？』是弗思也。吾

之聽言也，爲其言之有益于我耳，苟益于我，人之賢否奚問焉。衣敝臬者市文綉，食糟糠者市粱肉，將以人弃之乎？

取善而不用，依舊是尋常人，何貴于取？譬之八珍方丈而不下箸，依然餓死耳。

有德之容，深沉凝重，內充然有餘，外闃然無迹。若面目都是精神，即不出諸口而漏泄已多矣。畢竟是養得浮淺，譬之無量人，一杯酒便達于面目。

人人各有一句終身用之不盡者，但在存心着力耳。或問之，曰：只是對症之藥便是。如子張只消得『存誠』二字，宰我只消得『警惰』二字，子路只消得『擇善』二字，子夏只消得『見大』二字。

言一也，出由之口，則信且從；出跖之口，則三令五申而人且疑之矣。故有言者有所以重其言者。素行孚人，是所以重其言者也。不

然且爲言累矣。

世人皆知笑人，笑人不妨，笑到是處便難，到可以笑人時則更難。

毁我之言可聞，毁我之人不必問也。使我有此事也，彼雖不言，必有言之者。我聞而改之，是又得一不受業之師也。使我無此事邪，我雖不辨，必有辨之者。若聞而怒之，是又多一不受言之過也。

精明世所畏也，而暴之；才能世所妒也，而市之，不没也夫！

只一個貪愛心，第一可賤可耻。羊馬之于水草，蠅蟻之于腥膻，蜣螂之于積糞，都是這個念頭。是以君子制欲。

清議酷于律令，清議之人酷于治獄之吏。律令所冤，賴清議以明之，雖死猶生也。清議所冤，萬古無反案矣。是以君子不輕議人，懼冤之也。惟此事得罪于天甚重，報必及之。

權貴之門，雖係通家知己也，須見面稀、行踪少就好。嘗愛唐詩有『終日帝城裏，不識五侯門』之句，可爲新進之法。

聞世上不平事，便滿腹憤懣，出激切之語，此最淺夫薄子，士君子之大戒。

仁厚刻薄是修短關，行止語默是禍福關，勤惰儉奢是成敗關，飲食男女是死生關。

言出諸口，身何與焉？而身亡。五味宜于口，腹何知焉？而腹病。小害大，昭昭也，而人每縱之徇之，恣其所出，供其所入。

渾身都遮蓋得，惟有面目不可掩。面目者，心之證也。即有厚貌者，卒然難做予備，不覺心中事都發在面目上。故君子無愧心則無怍容。中心之達，達以此也。肺肝之視，視以此也。此修己者之所畏也。

韋弁布衣，是我生初服，不愧此生，盡可以還。大造軒冕，是甚物事，將個丈夫來做壞了，有甚面目對那青天白日？是宇宙中一腐臭物也。乃揚眉吐氣，以此誇人，而世人共榮慕之，亦大异事。

多少英雄豪杰，可與爲善，而卒無成，只爲拔此身于習俗中不出。若不恤群謗，斷以必行，以古人爲契友，以天地爲知己，任他千誣萬毀何妨？

爲人無負揚善者之心，無實稱惡者之口，亦可以語真修矣。

身者，道之輿也。身載道以行，道非載身以行也。故君子道行，則身從之以進；道不行，則身從之以退。道不行而求進不已，譬之大賈，百貨山積不售，不載以歸，而又以空輿雇錢也，販夫笑之，貪鄙孰甚焉？故出處之分，只有二語，道行則仕，道不行則捲而懷之，捨是皆非也。

世間至貴莫如人品，與天地參，與古人友，帝王且爲之屈，天下不易其守。而乃以聲色財貨、富貴利達，輕輕將個人品賣了，此之謂自賤。商賈得奇貨亦須待價，况士君子之身乎？

修身以不護短爲第一長進，人能不護短，則長進者至矣。

世有十態，君子免焉：無武人之態（粗豪），無婦人之態（柔懦），無兒女之態（嬌稚），無市井之態（貪鄙），無俗子之態（庸陋），無蕩子之態（儇佻），無伶優之態（滑稽），無閭閻之態（村野），無堂下之態（局迫），無婢子之態（卑諂），無偵諜之態（詭暗），無商賈之態（炫售）。

作本色人，說根心話，幹近情事。

君子有過不辭謗，無過不反謗，共過不推謗。謗無所損于君子也。

惟聖賢終日說話無一字差失。其餘都要擬之而後言，有餘不敢盡，不然未有無過者。故惟寡言者寡過。

心無留言，言無擇人，雖露肺肝，君子不取也。彼固自以爲光明矣，君子何嘗不光明？自不輕言，言則心口如一耳。

保身底是德義，害身底是才能。德義中之才能，嗚呼！免矣。

恒言『疏懶勤謹』，此四字每相因。懶生疏，謹自勤。聖賢之身豈生而惡逸好勞哉？知天下皆惰慢，則百務廢弛，而亂亡隨之矣。先正云：古之聖賢未嘗不以怠惰荒寧爲懼，勤勵不息自强。曰懼曰强，而聖賢之情見矣。所謂『憂勤惕勵』者也，惟憂故勤，惟惕故勵。

謔非有道之言也，孔于豈不戲？竟是道理上脱灑。今之戲者媟矣，即有滑稽之巧，亦近俳優之流，凝静者耻之。

無責人，自修之第一要道；能體人，養量之第一要法。

予不好走貴公之門，雖情義所關，每以無謂而止。或讓之，予曰：

奔走貴公，得不謂其喜乎？或曰：懼彼以不奔走爲罪也。予嘆曰：不然。貴公之門奔走如市，彼固厭苦之，甚者見于顔面，但渾厚忍不發于聲耳。徒輸自己一勤勞，徒增貴公一厭惡，且入門一揖之後，賓主各無可言，此面愧赧已無發付處矣。予恐初入仕者狃于衆套而不敢獨异，故發明之。

亡我者，我也。人不自亡，誰能亡之？

沾沾煦煦，柔潤可人，丈夫之大耻也。君于豈欲與人乖戾？但自有正情真味，故柔嘉不是軟美，自愛者不可不辨。

士大夫一身，斯世之奉弘矣，不蠶織而文綉，不耕畜而膏粱，不雇貸而車馬，不商販而積蓄。此何以故也？乃于世分毫無補，慚負兩間。人又以大官詫市井兒，蓋棺有餘愧矣。

且莫論身體力行，只聽隨在聚談間，曾幾個説天下國家身心性命正經道理？終日嘵嘵刺刺，滿口都是閑談亂談。吾輩試一猛省，士君子在天地間，可否如此度日？

君子慎求人，講道問德，雖屈己折節，自是好學者事。若富貴利達向人開口，最傷士氣，寧困頓没齒也。

言語之惡，莫大于造誣；行事之惡，莫大于苛刻；心術之惡，莫大于深險。

自家才德，自家明白底。才短德微，即卑官薄禄已爲難稱。若已逾涘分而觖望無窮，却是難爲了造物。孔孟終身不遇，又當如何？

不善之名每成于一事。後有諸長不能掩也，而惟一不善傳。君子之動，可不慎與？

一日與友人論身修道理，友人曰：『吾老矣。』某曰：『公無自弃，平日爲惡，即屬纊時幹一好事，不失爲改過之鬼，況一息尚存乎？』

即做人在世間，便要勁爽爽、立錚錚底。若如春蚓秋蛇，風花雨絮，一生靠人作骨，恰似世上多了這個人。

有人于此：精密者病其疏，靡綺者病其陋，繁縟者病其簡，謙恭者病其倨，委屈者病其直，無能可于一世之人，奈何？曰：一身怎可得一世之人，只自點檢吾身，果如所病否？若以一身就衆口，孔子不能。即能之，成個什麽人品？故君子以中道爲從違，不以衆言爲憂喜。

夫禮非徒親人，乃君子之所以自愛也；非徒尊人，乃君子之所以敬身也。

君子之出言也，如嗇夫之用財；其見義也，如貪夫之趨利。

古之人勤勵，今之人惰慢。勤勵故精明而德日修，惰慢故昏蔽而欲日肆，是以聖人貴『憂勤惕勵』。

先王之禮文用以飾情，後世之禮文用以飾僞。飾情則三千三百雖至繁也，不害其爲率真；飾僞則雖一揖一拜，已自多矣。後之惡飾僞者乃一切苟簡決裂，以潰天下之防，而自謂之率真，將流于伯子之簡而不可行，又禮之賊也。

清者，濁所妒也，而又激之，淺之乎其爲量矣。是故君子于己諱美，于人藏疾，若有激濁之任者，不害其爲分曉。

處世以譏訕爲第一病痛。不善在彼，我何與焉？

余待小人不能假辭色，小人或不能堪。年友王道源危之曰：『今世居官切宜戒此，法度是朝廷底，財貨是百姓底，真借不得。人情，至于辭色，却是我底，假借些兒何害？』余深感之，因識而改焉。

剛，明，世之礙也。剛而婉，明而晦，免禍也夫！

君子之所持循只有兩條路：非先聖之成規，則時王之定制。此外悉邪也，俗也，君子不由。

非直之難，而善用其直之難；非用直之難，而善養其直之難。

處身不妨于薄，待人不妨于厚；責己不妨于厚，責人不妨于薄。

坐于廣衆之中，四顧而後語，不先聲，不揚聲，不獨聲。

苦處是正容謹節，樂處是手舞足蹈，這個樂又從那苦處來。

人之視小過也，愧怍悔恨，如犯大惡，夫然後能改。『無傷』二字，修己者之大戒也。

有過是一過，不肯認過又是一過。一認則兩過都無，一不認則兩過不免。彼强辯以飾非者，果何爲也？

一友與人争而歷指其短，予曰：『于十分中，君有一分不是否？』友曰：『我難説没一二分。』予曰：『且將這一二分都没了，纔好責人。』

余二十年前曾有心迹雙清之志，十年來有四語云：行欲清，名欲濁；道欲進，身欲退；利欲後，害欲前；人欲豐，己欲約。近看來，太執着，太矯激。只以無心任自然，求當其可耳，名迹一任去來，不須照管。

君子之爲善也，以爲理所當爲，非要福，非干祿；其不爲不善也，以爲理所不當爲，非懼禍，非遠罪。至于垂世教則諄諄以禍福刑賞爲言，此天地聖王勸懲之大權，君子不敢不奉若而與衆共守也。

茂林芳樹，好鳥之媒也；污池濁渠，穢蟲之母也。氣類之自然也。善不與福期，惡不與禍招。君子見正人而合，邪人見憸夫而密。

吾觀于射，而知言行矣。夫射審而後發，有定見也；滿而後發，有定力也。夫言能審滿，則言無不中；行能審滿，則行無不得。今之言行皆亂放矢也，即中，幸耳。

蝸以涎見覓，蟬以聲見粘，螢以光見獲，故愛身者，不貴赫赫之名。

大相反者大相似，此理勢之自然耳。故怒極則笑，喜極則悲。敬者，不苟之謂也。故反苟爲敬。

多門之室生風，多口之人生禍。

磨磚砌壁不塗以堊，惡掩其真也。一堊則人謂糞土之墻矣。凡外飾者皆内不足者，至道無言，至言無文，至文無法。

苦毒易避，甘毒難避。晋人之璧馬，齊人之女樂，越人之子女玉帛，其毒甚矣。而愚者如飴，即知之，亦不復顧也。由是推之，人皆有甘毒，不必自外饋，而耽耽求之者且衆焉。豈獨虞人、魯人、吴人愚哉！知味者，可以懼矣。

好逸惡勞，甘食悦色，適己害群，擇便逞忿，雖鳥獸亦能之。靈于萬物者，當求有別，不然類之矣！且鳳德麟仁，鶴清豸直，烏孝雁貞，苟擇鳥獸之有知者而效法之，且不失爲君子矣，可以人而不如乎！

萬事都要個本意，宮室之設只爲安居，衣之設只爲蔽體，食之設只爲充飢，器之設只爲利用，妻之設只爲有後。推此類不可盡窮。苟知其本意，只在本意上求，分外底都是多了。

士大夫殃及子孫者有十：一曰優免太侈，二曰侵奪太多，三曰請托滅公，四曰恃勢陵人，五曰困累鄉黨，六曰要結權貴，損國病人，七曰盜上剥下，以實私橐，八曰簧鼓邪説，搖亂國是，九曰樹黨報復，陰中善人，十曰引用邪昵，虐民病國。

兒輩問立身之道。曰：本分之內不欠纖微，本分之外不加毫末。今也捨本分弗圖，而加于本分之外者不啻千萬矣，內外之分何處別白，況敢問纖微毫末間邪？

智者不與命鬥，不與法鬥，不與理鬥，不與勢鬥。

學者事事要自責，慎無責人。人不可我意，自是我無量；我不可人意，自是我無能。時時自反，才德無不進之理。

氣質之病小，心術之病大。

童心，俗態，此二者士人之大耻也。二耻不脱，終不可以入君子之路。

習威儀容止，甚不打緊，必須是瑟僴中發出來，纔是盛德光輝。那個不嚴厲？不放肆？莊重不爲矜持，戲謔不爲媟嫚，惟有道者能之，惟有德者識之。

容貌要沉雅自然，只有一些浮淺之色、作爲之狀，便是屋漏少工夫。

德不怕難積，只怕易累。千日之積不禁一日之累，是故君子防所以累者。

枕席之言，房闥之行，通乎四海。墻卑室淺者無論，即宮禁之深嚴，無有言而不知、動而不聞者。士君子不愛名節則已，如有一毫自好之心，幽獨言動可不慎與？

富以能施爲德，貧以無求爲德，貴以下人爲德，賤以忘勢爲德。

入廟不期敬而自敬，入朝不期肅而自肅，是以君子慎所入也。見嚴師則收斂，見狎友則放恣，是以君子慎所接也。

《氓》之詩，悔恨之極也，可爲士君子殷鑒，當三復之。唐詩有云：『雨落不上天，水覆難再收。』又近世有名言一偶云：『一失脚爲千古恨，再回頭是百年身。』此語足道《氓》詩心事，其曰『亦已焉哉』。所謂『何嗟及矣』，無可奈何之辭也。

平生所爲，使怨我者得以指謫，愛我者不能掩護，此省身之大懼也，士君子慎之。故我無過而謗語滔天不足驚也，可談笑而受之。我有過而幸不及聞，當寢不貼席、食不下咽矣。是以君子貴『無惡于志』。

謹言慎動，省事清心，與世無礙，與人無求，此謂小跳脱。

身要嚴重，意要安定，色要温雅，氣要和平，語要簡切，心要慈祥，志要果毅，機要縝密。

善養身者，飢渴、寒暑、勞役，外感屢變，而氣體若一，未嘗變也。善養德者，死生、榮辱、夷險，外感屢變，而意念若一，未嘗變也。夫藏令之身至發揚時而解㑊，長令之身至收斂時而鬱閼，不得謂之定氣。宿稱鎮靜，至倉卒而色變；宿稱淡泊，至紛華而心動，不得謂之定力。斯二者皆無養之過也。

裏面要活潑，于規矩之中無令怠忽；外面要擺脱，于禮法之中無今矯强。

四十以前養得定，則老而愈堅；養不定，則老而愈壞。百年實難，是以君子進德修業貴及時也。

涵養如培脆萌，省察如搜田蠹，克治如去盤根。涵養如女子坐幽閨，省察如邏卒輯奸細，克治如將軍戰勍敵。涵養用勿忘勿助工夫，省察用無怠無荒工夫，克治用『是絕是忽』工夫。

世上只有個道理是可貪可欲底，初不限于取數之多，何者？所性分定原是無限量底，終身行之不盡，此外都是人欲，最不可萌一毫歆羨心。天之生人各有一定底分涯，聖人制人各有一定底品節，譬之擔夫欲肩輿，丐人欲鼎食，徒爾勞心，竟亦何益？嗟夫！篡奪之所由生，而大亂之所由起，皆耻其分內之不足安而惟見分外者之可貪可欲故也。故學者養心先要個知分，知分者心常寧、欲常得。所欲得自足，以

安身利用。

心術以光明篤實爲第一，容貌以正大老成爲第一，言語以簡重真切爲第一。

學者只把性分之所固有，職分之所當爲，時時留心，件件努力，便駸駸乎聖賢之域。非此二者，皆是外物，皆是妄爲。

進德莫如不苟，不苟先要個耐煩。今人只爲有躁心而不耐煩，故一切苟且，卒至破大防而不顧，弃大義而不爲。其始皆起于一念之苟也。

不能長進，只爲『昏弱』兩字所苦。昏宜靜以澄神，神定則漸精明；弱宜奮以養氣，氣壯則漸强健。

一切言行只是平心易氣就好。

恣縱既成，不惟禮法所不能制，雖自家悔恨亦制自家不得。善愛

人者無使恣縱，善自愛者亦無使恣縱。

天理與人欲交戰時，要如百戰健兒，九死不移，百折不回，其奈我何？如何堂堂天君，却爲人欲臣僕？內款受降？腔子中成甚世界。

有問密語者，囑曰：『望以實心相告！』余笑曰：『吾內有不可瞞之本心，上有不可欺之天日。在本人有不可掩之是非，在通國有不容泯之公論。一有不實，自負四愆矣，何暇以貌言誑門下哉！』

士君子澡心浴德，要使咳唾爲玉，便溺皆香，纔見工夫圓滿。若靈臺中有一點污濁，便如瓜蒂藜蘆入胃，不嘔吐盡不止，豈可使一刻容留此中邪？夫如是，然後溷厠可沉，緇泥可入。

與其抑暴戾之氣，不若養和平之心；與其裁既溢之恩，不若絕分外之望；與其爲後事之厚，不若施先事之簿；與其服延年之藥，不若守保身之方。

猥繁拂逆，生厭惡心，奮守耐之力；柔艷芳濃，生沾惹心，奮跳脫之力；推挽衝突，生隨逐心，奮執持之力；長途末路，生衰歇心，奮鼓舞之力；急遽疲勞，生苟且心，奮敬慎之力。

進道入德，莫要于有恒。有恒則不必欲速，不必助長，優優漸漸自到神聖地位。故天道只是個恒，每日定準是三百六十五度四分度之一，分毫不損不加，流行不緩不急，而萬古常存，萬物得所。只無恒了，萬事都成不得。余最坐此病。古人云：『有勤心，無遠道。』只有人勝道，無道勝人之理。

士君子只求四真：真心、真口、真耳、真眼。真心，無妄念；真口，無雜語；真耳，無邪聞；真眼，無錯識。

愚者人笑之，聰明者人疑之。聰明而愚，其大智也夫。《詩》云：『靡哲不愚。』則知不愚非哲也。

以精到之識，用堅持之心，運精進之力，便是金石可穿，豚魚可格，更有什麽難做之事功、難造之聖神？士君子碌碌一生，百事無成，只是無志。

其有善而彰者，必其有惡而掩者也。君子不彰善以損德，不掩惡以長慝。

余日日有過，然自信過發吾心，如清水之魚，纔發即見，小發即覺，所以卒不得遂其豪悍，至流浪不可收拾者。胸中是非原先有以照之也。所以常發者何也？只是心不存，養不定。

纔爲不善，怕汚了名兒，此是徇外心。苟可瞞人，還是要做。纔爲不善，怕汚了身子，此是爲己心。即人不知，或爲人疑謗，都不照管。是故欺大庭易，欺屋漏難；欺屋漏易，欺方寸難。

吾輩終日不長進處，只是個怨尤兩字，全不反己。聖賢學問，只是個自責自盡，自責自盡之道原無邊界，亦無盡頭。若完了自家分數，還要聽其在天。在人不敢怨尤，况自家舉動又多鬼責人非底罪過，却敢怨尤邪？以是知自責自盡底人决不怨尤，怨尤底人决不肯自責自盡。吾輩不可不自家一照看，纔照看便知天人待我原不薄惡，只是我多慚負處。

果是瑚、璉，人不忍以盛腐殠；果是荼、蓼，人不肯以薦宗祊。履也，人不肯以加諸首；冠也，人不忍以藉其足。物猶然，而况于人乎？榮辱在所自樹，無以致之，何由及之？此自修者所當知也。

無以小事動聲色，褻大人之體。

立身行己，服人甚難也。要看甚麽人不服，若中道君子不服，當早夜省惕。其意見不同，性術各别，志向相反者，只要求我一個是也，不須與他别白理會。

其惡惡不嚴者，必有惡于己者也；其好善不亟者，必無善于己者也。仁人之好善也，不啻口出；其惡惡也，迸諸四夷，不與同中國。孟子曰：『無羞惡之心，非人也。』則惡惡亦君子所不免者。但恐爲己私作惡，在他人非可惡耳。若民之所惡而不惡，謂爲民之父母，可乎？

世人糊塗，只是抵死没自家不是，却不自想我是堯舜乎？果是堯舜，真是没一毫不是。我若是湯武，未反之前也有分毫錯誤，如何盛氣拒人，巧言飾己，再不認一分過差邪？

『懶散』二字，立身之賊也。千德萬業，日怠廢而無成；千罪萬惡，日横恣而無制，皆此二字爲之。西晋仇禮法而樂豪放，病本正在此。安肆日偷，安肆，懶散之謂也。此聖賢之大戒也。甚麽降伏得此二字，曰『勤慎』。勤慎者，敬之謂也。

不難天下相忘，只怕一人竊笑。夫舉世之不聞道也久矣，而聞道者未必無人。苟爲聞道者所知，雖一世非之可也；苟爲聞道者所笑，雖天下是之，終非純正之學。故曰衆皆悦之，其爲士者笑之，有識之君子必不以衆悦博一笑也。

以聖賢之道教人易，以聖賢之道治人難。以聖賢之道出口易，以聖賢之道躬行難。以聖賢之道奮始易，以聖賢之道克終難。以聖賢之道當人易，以聖賢之道慎獨難。以聖賢之道口耳易，以聖賢之道心得難。以聖賢之道處常易，以聖賢之道處變難。過此六難，真到聖賢地步。區區六易豈不君子路上人，終不得謂篤實之士也。

山西臬司書齋，余新置一榻，銘于其上。左曰：爾酣餘夢，得無有宵征露宿者乎？爾灸重衾，得無有抱肩裂膚者乎？古之人卧八埏于襁褓，置萬姓于衽席，而後爽然得一夕之安。嗚呼！古之人亦人也夫，古之民亦民也夫。右曰：獨室不觸欲，君子所以養精；獨處不交言，君子所以養氣；獨魂不著礙，君子所以養神；獨寢不愧衾，君子所以養德。

慎者之有餘足以及人，不慎者之所積不能保身。

近世料度人意常向不好邊説去，固是衰世人心無忠厚之意。然士君子不可不自責，若是素行孚人，便是别念頭，人亦向好邊料度，何者？所以自立者足信也。是故君子慎所以立。

人不自愛，則無所不爲；過于自愛，則一無可爲。自愛者先占名，實利于天下國家，而迹不足以白其心則不爲。自愛者先占利，有利于天下國家，而有損于富貴利達則不爲。上之者即不爲富貴利達而有累于身家妻子則不爲。天下事待其名利兩全而後爲之，則所爲者無幾矣。

與其喜聞人之過，不若喜聞己之過；與其樂道己之善，不若樂道人之善。

要非人，先要認底自家是個甚麽人；要認底自家，先看古人是個甚麽人。

口之罪大于百體，一進去百川灌不滿，一出來萬馬追不回。

家長不能令人敬，則教令不行；不能令人愛，則心志不孚。

自心得者，尚不能必其身體力行，自耳目入者，欲其勉從而强改焉，萬萬其難矣。故三達德不恃知也，而又欲其仁，不恃仁也，而又欲其勇。

合下作人自有作人底道理，不爲别個。

認得真了，便要不俟終日，坐以待旦，成功而後止。

人生惟有説話是第一難事。

或問修己之道，曰：無『鮮克有終』。問治人之道，曰：『無忿疾于禎。』

人生天地間，要做有益于世底人。縱没這心腸、這本事，也休作有損于世底人。

説話如作文，字字在心頭打點過，是心爲草稿而口謄真也，猶不能無過。而况由易之言，真是病狂喪心者。

心不堅確，志不奮揚，力不勇猛，而欲從義改過，雖千悔萬悔，竟無補于分毫。

人到自家没奈自家何時，便可慟哭。

福莫美于安常，禍莫危于盛滿。天地間萬物萬事，未有盛滿而不衰者也。而盛滿各有分量，惟智者能知之。是故卮以一勺爲盛滿，瓮以數石爲盛滿。有瓮之容，而懷勺之懼，則慶有餘矣。

禍福是氣運，善惡是人事，理常相應，類亦相求。若執福善禍淫之説而使之不爽，而爲善之心衰矣。大段氣運只是偶然，故善獲福、淫獲禍者半，善獲禍、淫獲福者亦半，不善不淫而獲禍獲福者亦半。人事只是個當然，善者獲福，吾非爲福而修善；淫者獲禍，吾非爲禍而改淫。善獲禍而淫獲福，吾寧善而處禍，不肯淫而要福。是故君子論天道不言禍福，論人事不言利害。自吾性分當爲之外，皆不庸心，其言禍福利害，爲世教發也。

自天子以至于庶人，未有無所畏而不亡者也。天子者，上畏天，下畏民，畏言官于一時，畏史官于後世。百官畏君，群吏畏長吏，百姓畏上，君子畏公議，小人畏刑，子弟畏父兄，卑幼畏家長。畏則不敢肆而德以成，無畏則從其所欲而及于禍，非生知安行之聖人，未有無所畏而能成其德者也。

物忌全盛，事忌全美，人忌全名。是故天地有欠缺之體，聖賢無快足之心。而況瑣屑群氓，不安淺薄之分而欲滿其難厭之欲，豈不妄哉！是以君子見益而思損，持滿而思溢，不敢恣無涯之望。

静定後看自家是甚麼一個人。

少年大病，第一怕是氣高。

余參政東藩日，與年友張督糧臨碧在座，余以朱判封，筆濃字大，臨碧曰：『可惜！可惜！』余擎筆舉手曰：『年兄此一念，天下受其福矣。』判筆一字，所費絲毫朱耳。積日積歲，省費不知幾萬倍。充用朱之心，萬事皆然。天下各衙門積日積歲，省費又不知幾萬倍。且心不侈然自放，足以養德；財不侈然浪費，足以養福。不但天物不宜暴殄，民膏不宜慢弃而已。

夫事有重于費者，過費不爲奢；省有不廢事者，過省不爲吝。余在撫院日，不儉于紙而戒示吏書片紙皆使有用。比見富貴家子弟用財貨如泥沙，長餘之惠既不及人，有用之物皆弃于地，胸中無不忍一念，口中無可惜二字。人或勸之，則曰：『所值幾何？』余嘗號爲溝壑之鬼，而彼方侈然自快，以爲大手段不小家勢，痛哉！兒曹志之。

言語不到千該萬該，再休開口。

今人苦不肯謙，只要拿得架子定，以爲存體。夫子告子張從政，以無小大、無衆寡、無敢慢爲不驕。而周公爲相，吐握、下白屋，甚者父師有道之君子，不知損了甚體？若名分所在，自是貶損不得。

過寬殺人，過美殺身。是以君子不縱民情，以全之也；不盈己欲，以生之也。

閨門之事可傳，而後知君子之家法矣。近習之人起敬，而後知君子之身法矣。其作用處，只是無不敬。

宋儒紛紛聚訟語且莫理會，只理會自家，何等簡徑。

各自責則天清地寧，各相責則天翻地覆。

不逐物是大雄力量，學者第一功夫全在這裏做。

手容恭，足容重，頭容直，口容止，坐如尸，立如齋，儼若思。目無狂視，耳無傾聽，此外景也。外景是整齊嚴肅，內景是齋莊中正，未有不整齊嚴肅而能齋莊中正者。故檢束五官百體，只爲收攝此心。此心若從容和順于禮法之中，則曲肱指掌、浴沂行歌、吟風弄月、隨柳傍花，何適不可？所謂登彼岸無所事筏也。

天地位，萬物育，幾千年有一會，幾百年有一會，幾十年有一會。故天地之中和甚難。

敬對肆而言，敬是一步一步收斂向內，收斂至無內處，發出來自然暢四肢，發事業，瀰漫六合。肆是一步一步放縱外面去，肆之流禍不言可知。所以千古聖人只一敬字爲允執底關捩子。堯欽明允恭，舜溫恭允塞，禹之安汝止，湯之聖敬日躋，文之懿恭，武之敬勝，孔子之恭而安，講學家不講這個，不知怎麼做工夫。

竊嘆近來世道，在上者積寬成柔，積柔成怯，積怯成畏，積畏成廢；在下者積慢成驕，積驕成怨，積怨成橫，積橫成敢，吾不知此時治體當何如反也？體面二字，法度之賊也。體面重，法度輕；法度弛，紀綱壞。昔也病在法度，今也病在紀綱。名分者，紀綱之大物也。今也在朝小臣藐大臣，在邊軍士輕主帥，在家子婦蔑父母，在學校弟子慢師，後進凌先進。在鄉里卑幼軋尊長，惟貪肆是恣，不知禮法爲何物。漸不可長，今已長矣。極之必亂，必亡。勢已重矣，反已難矣，無識者猶然甚之，奈何！

禍福者天司之，榮辱者君司之，毀譽者人司之，善惡者我司之。我只理會我司，別個都莫照管。

吾人終日最不可悠悠蕩蕩，作空軀殼。業有不得不廢時，至于德，則自有知以至無知時，不可一息斷進修之功也。

清無事澄，濁降則自清；禮無事復，己克則自復。去了病，便是好人；去了雲，便是晴天。

七尺之軀，戴天履地，抵死不屈于人。乃自落草以至蓋棺，降志辱身，奉承物欲，不啻奴隸。到那魂升于天之上，見那維皇上帝，有何顏面？愧死！愧死！

受不得誣謗，只是無識度。除了當罪臨刑，不得含冤而死，須是辨明。若誣蔑名行，閑言長語，愈辨則愈加，徒自憤懣耳。不若付之忘言，久則明也得，不明也得，自有天在耳。

作一節之士，也在成章，不成章便是『苗而不秀』。

不患無人所共知之顯名，而患有人所不知之隱惡。顯明雖著遠邇，而隱惡獲罪神明，省躬者懼之。

蹈邪僻，則肆志抗顏，略無所顧忌；由義禮，則羞頭愧面，無以自容。此愚不肖之恒態，而士君子之大耻也。

物欲生于氣質。

要得富貴福澤，天主張，由不得我；要做賢人君子，我主張，由不得天。

爲惡再没個勉强底，爲善再没個自然底。學者勘破此念頭，寧不愧奮？

不爲三氏奴婢，便是兩間翁主。三氏者何？一曰氣質氏，生來氣稟在身，舉動皆其作使，如勇者多暴戾，懦者多退怯是已。二曰習俗氏，世態即成，賢者不能自免，只得與世浮沉，與世依違，明知之而不能獨立。三曰物欲氏，滿世皆可殢之物，每日皆殉欲之事，沉痼流連，至死不能跳脱。魁然七尺之軀，奔走三家之門，不在此則在彼。降志辱身，心安意肯，迷戀不能自知，即知亦不愧憤，大丈夫立身天地之間，與兩儀參，爲萬物靈，不能挺身自竪而倚門傍户于三家，轟轟烈烈，以富貴利達自雄，亦可憐矣。予即非忠臧義獲，亦豪奴悍婢也，咆哮躑躅，不能解粘去縛，安得挺然脱然獨自當家爲兩間一主人翁乎！可嘆可恨。

自家作人，自家十分曉底，乃虚美薰心，而喜動顔色，是爲自欺。別人作人，自家十分曉底，乃明知其惡，而譽侈口頰，是謂欺人。二者皆可恥也。

知、覺二字，奚翅天淵。致了知纔覺，覺了纔算知，不覺算不得知。而今説瘡痛，人人都知，惟病瘡者謂之覺。今人爲善去惡不成，只是不覺，覺後便由不得不爲善不去惡。

順其自然，只有一毫矯强，便不是；得其本有，只有一毫增益，便不是。

度之于長短也，權之于輕重也，不爽毫髮，也要個掌尺提秤底。

四端自有分量，擴充到盡處，只滿得原來分量，再增不得些子。

見義不爲，立志無恒，只是腎氣不足。

過也，人皆見之，乃見君子。今人無過可見，豈能賢于君子哉？緣只在文飾彌縫上做工夫，費盡了無限巧回護，成就了一個真小人。

自家身子，原是自己心去害他，取禍招尤，陷于危敗，更不干別人事。

六經四書，君子之律令。小人犯法，原不曾讀法律。士君子讀聖賢書而一一犯之，是又在小人下矣。

慎言動于妻子僕隸之間，檢身心于食息起居之際，這工夫便密了。

休諉罪于氣化，一切責之人事；休過望于世間，一切求之我身。

常看得自家未必是，他人未必非，便有長進。再看得他人皆有可取，吾身只是過多，更有長進。

理會得義命兩字，自然不肯做低人。

稠衆中一言一動，大家環向而視之，口雖不言，而是非之公自在。果善也，大家同萌愛敬之念；果不善也，大家同萌厭惡之念，雖小言動，不可不謹。

或問：傲爲凶德，則謙爲吉德矣？曰：謙真是吉，然謙不中禮，所損亦多。在上者爲非禮之謙，則亂名分、紊紀綱，久之法令不行。在下者爲非禮之謙，則取賤辱、喪氣節，久之廉耻掃地。君子接人未嘗不謹飭，持身未嘗不正大，有子曰：『恭近于禮，遠耻辱也。』孔子曰：『恭而無禮則勞。』又曰：『巧言令色足恭，某亦耻之。』曾子曰：『脅肩諂笑，病于夏畦。』君子無衆寡，無小大，無敢慢，何嘗貴傲哉？而其羞卑佞也又如此，可爲立身行己者之法戒。

凡處人不係確然之名分，便小有謙下不妨。得爲而爲之，雖無暫辱，必有後憂。即不論利害論道理，亦云居上不驕民，可近不可下。

只人情世故熟了，甚麼大官做不到？只天理人心合了，甚麼好事做不成？

士君子常自點檢，晝思夜想，不得一時閑，却思想個甚事？果爲天下國家乎？抑爲身家妻子乎？飛禽走獸，東鶩西奔，爭食奪巢；販夫豎子，朝出暮歸，風餐水宿，他自食其力，原爲温飽，又不曾受人付托，享人供奉，有何不可？士君子高官重禄，上藉之以名分，下奉之以尊榮，爲汝乎？不爲汝乎？乃資權勢而營鳥獸市井之圖，細思真是愧死。

古者鄉有縉紳，家邦受其庇蔭，士民視爲準繩。今也鄉有縉紳，增家邦陵奪勞費之憂，開士民奢靡浮薄之俗。然則鄉有縉紳，鄉之殃也，風教之蠹也。吾黨可自愧自恨矣。

俗氣入膏肓，扁鵲不能治。爲人胸中無分毫道理，而庸調卑職、虛文濫套認之極真，而執之甚定，是人也，將欲救藥，知不可入。吾黨戒之。

士大夫居鄉，無論大有裨益，只不違禁出息，倚勢侵陵，受賄囑托，討占夫役，無此四惡，也還算一分人。或曰：家計蕭條，安得不治生？曰：治生有道，如此而後治生，無勢可藉者死乎？或曰：親族有事，安得不伸理？曰：官自有法，有訟必藉請謁，無力可通者死乎？

士大夫無窮餓而死之理，安用寡廉喪耻若是。

學者視人欲如寇仇，不患無攻治之力，只緣一向姑息他如驕子，所以養成猖獗之勢，無可奈何，故曰識不早，力不易也。制人欲在初發時，極易剿捕，到那横流時，須要奮萬夫莫當之勇，纔得濟事。

宇宙内事，皆備此身，即一種未完，一毫未盡，便是一分破綻；天地間生，莫非吾體，即一夫不獲，一物失所，便是一處瘡痍。

克一分、百分、千萬分，克得盡時，纔見有生真我；退一步、百步、千萬步，退到極處，不愁無處安身。

事到放得心下，還慎一慎何妨？言于來向口邊，再思一步更好。

萬般好事説爲，終日不爲；百種貪心要足，何時是足？

回着頭看，年年有過差；放開脚行，日日見長進。

難消客氣衰猶壯，不盡塵心老尚童。

但持鐵石同堅志，即有金鋼不壞身。

問學

學必相講而後明，講必相直而後盡。孔門師友不厭窮問極言，不相然諾承順，所謂審問明辨也。故當其時，道學大明，如撥雲披霧，白日青天，無纖毫障蔽。講學須要如此，無堅自是之心，惡人相直也。

『熟思審處』，此四字德業之首務；『鋭意極力』，此四字德業之要務；『有漸無已』，此四字德業之成務；『深憂過計』，此四字德業之終務。

静是個見道底妙訣，只在静處潛觀，六合中動底機括都解破若見了。還有個妙訣以守之，只是一，一是大根本，運這一却要因時通變。

學者只該説下學，更不消説上達。其未達也，空勞你説；其既達也，不須你説。故『一貫』惟參、賜可語，又到可語地位纔語，又一個直語之，一個啓語之，便見孔子誨人之妙處。

讀書人最怕誦底是古人語，做底是自家人。這等讀書，雖閉户十年，破卷五車，成什麽用！

能辨真假，是一種大學問。世之所抵死奔走者，皆假也。萬古惟有『真』之一字磨滅不了，蓋藏不了。此鬼神之所把握，風雷之所呵護。天地無此不能發育，聖人無此不能參贊。朽腐得此可爲神奇，鳥獸得此可爲精怪。道也者，道此也；學也者，學此也。

或問：孔子素位而行，非政不謀，而儒者著書立言便談帝王之略，何也？曰：古者十五而入大學，修齊治平，此時便要理會，故陋巷而問爲邦，布衣而許南面。由、求之志富强，孔子之志三代，孟子樂『中天下而立，定四海之民』，何曾便到手？但所志不得不然。所謂

『如或知爾，則何以哉』，要知『以』個甚麼。『苟有用我者，執此以往』，要知『此』是甚麼。『大人之事備矣』，要知『備』個甚麼。若是平日如醉夢，一不講求，到手如痴呆，胡亂了事，如此作人，只是一塊頑肉，成甚學者！即有聰明材辨之士，不過學眼前見識，作口頭話説，妝點支吾，亦足塞責。如此作人，只是一場傀儡，有甚實用？修業盡職之人，到手未嘗不學。待汝學成，而事先受其敝，民已受其病，尋又遷官矣。譬之飢始種粟，寒始紡棉，怎得奏功？此凡事所以貴豫也。

不由心上做出，此是噴葉學問；不在獨中慎起，此是洗面工夫，成得甚事？

『堯舜事功，孔孟學術』，此八字是君子終身急務。或問：堯舜事功，孔孟學術，何處下手？曰：以天地萬物爲一體，此是孔孟學術；使天下萬物各得其所，此是堯舜事功，總來是一個念頭。

上吐下瀉之疾，雖日進飲食，無補于憔悴；入耳出口之學，雖日事講究，無益于身心。

天地萬物只是個『漸』，理氣原是如此，雖欲不漸不得。而世儒好講一『頓』字，便是無根學問。

只人人去了我心，便是天清地寧世界。

塞乎天地之間，盡是浩然了。愚謂根荄須栽入九地之下，枝梢須插入九天之上，横拓須透過八荒之外，纔是個圓滿工夫、無量學問。

我信得過我，人未必信得過我，故君子避嫌。若以正大光明之心如青天白日，又以至誠惻怛之意如火熱水寒，何嫌之可避？故君子學問第一要體信，只信了，天下無些子事。

要體認，不須讀盡古今書，只一部《千字文》，終身受用不盡。要不體認，即《三墳》以來卷卷精熟，也只是個博學之士，資談口，侈文筆，長盛氣，助驕心耳。故君子貴體認。

悟者，吾心也。能見吾心，便是真悟。

『明理省事』，此四字學者之要務。

今人不如古人，只是無學無識。學識須從三代以上來，纔正大，纔中平。今只將秦漢以來見識抵死與人爭是非，已自可笑，況將眼前聞見、自己聰明，翹然不肯下人，尤可笑也。

學者大病痛只是器度小。

識見議論，最怕小家子勢。

默契之妙，越過六經千聖，直與天談，又不須與天交一語，只對越仰觀，兩心一個耳。

學者只是氣盛，便不長進。含六合如一粒，覓之不見；吐一粒于六合，出之不窮，可謂大人矣。而自處如庸人，初不自表异；退讓如空夫。初不自滿足，抵掌攘臂而視世無人，謂之以善服人則可。

心術、學術、政術，此三者不可不辨也。心術要辨個誠僞，學術要辨個邪正，政術要辨個王伯。總是心術誠了，别個再不差。

聖門學問心訣，只是不做賊就好。或問之，曰：做賊是個自欺心、自利心，學者于此二心一毫擺脱不盡，與做賊何异？

脱盡『氣習』二字，便是英雄。

理以心得爲精，故當沉潛，不然耳邊口頭也。事以典故爲據，故當博洽，不然臆説杜撰也。

天是我底天，物是我底物。至誠所通，無不感格，而乃與之扞格抵牾，只是自修之功未至。自修到格天動物處，方是學問，方是工夫。未至于此者，自愧自責不暇，豈可又萌出個怨尤底意思。

世間事，無巨細，都有古人留下底法程。纔行一事，便思古人處這般事如何；纔處一人，便思古人處這般人如何。至于起居、言動、語默，無不如此，久則古人與稽，而動與道合矣。其要在存心，其工夫又只在誦詩讀書時便想曰：此可以爲我某事之法，可以藥我某事之病。如此則臨事時觸之即應，不待思索矣。

扶持資質，全在學問，任是天資近聖，少此二字不得。三代而下無全才，都是負了在天底，欠了在我底，縱做出掀天揭地事業來，仔細看他多少病痛！

勸學者歆之以名利，勸善者歆之以福祥，哀哉！

道理書盡讀，事務書多讀，文章書少讀，閑雜書休讀，邪妄書焚之可也。

君子知其可知，不知其不可知。不知其可知則愚，知其不可知則鑿。

余有責善之友，既別兩月矣，見而問之曰：『近不聞僕有過？』友曰：『子無過。』余曰：『此吾之大過也。有過之過小，無過之過大，何者？拒諫自矜而人不敢言，飾非掩惡而人不能知，過有大于此者乎？使余即聖人也則可。余非聖人而人謂無過，余其大過哉！』

工夫全在冷清時，力量全在濃艷時。

萬仞峻嶒而呼人以登，登者必少。故聖人之道平，賢者之道峻。穴隙迫窄而招人以入，入者必少。故聖人之道博，賢者之道狹。

以是非决行止而以利害生悔心，見道不明甚矣。

自天子以至于庶人，自堯、舜以至于途之人，必有所以汲汲皇皇者，而後其德進、其業成。故曰鷄鳴而起，舜、跖之徒皆有所孳孳也。無所用心，孔子憂之曰：『不有博弈者乎？』懼無所孳孳者，不舜則跖也。今之君子縱無所用心而不至于爲跖，然飽食終日，惰慢彌年，既不作山林散客，又不問廟堂急務，如醉如痴，以了日月。《易》所謂『君子進德修業，欲及時也』，果是之謂乎？如是而自附于清品高賢，吾不信也。孟子論歷聖道統心傳，不出『憂勤惕勵』四字，其最親切者，曰『仰而思之，夜以繼日；幸而得之，坐以待旦』，此四語不獨作相，士、農、工、商皆可作座右銘也。

怠惰時看工夫，脱略時看點檢，喜怒時看涵養，患難時看力量。

今之爲舉子文者，遇爲學題目，每以知行作比。試思知個甚麽？行個甚麽？遇爲政題目，每以教養作比，試問做官養了那個？教了那個？若資口舌浮談以自致其身，以要國家寵利，此與誆騙何异？吾輩宜惕然省矣。

聖人以見義不爲屬無勇，世儒以知而不行屬無知；聖人體道有三達德，曰智、仁、勇。世儒曰知行只是一個，不知誰説得是？愚謂自道統初開，工夫就是兩項，曰『惟精』，察之也；曰『惟一』，守之也。千聖授受，惟此一道，蓋不精則爲孟浪之守，不一則爲想像之知。曰『思』，曰『學』。曰『致知』，曰『力行』。曰『至明』，曰『至健』。曰『問察』，曰『用中』。曰『擇乎中庸，服膺勿失』。曰『非知之艱，惟行之艱』。曰『非苟知之，亦允蹈之』。曰『知及之，仁守之』。曰『不明乎善，不誠乎身』。

自德性中來，生死不變；自識見中來，則有時而變矣。故君子以識見養德性，德性堅定則可生可死。

『昏弱』二字，是立身大業障，去此二字不得，做不出一分好人。

學問之功，生知聖人亦不敢廢。不從學問中來，任從有掀天揭地事業，都是氣質作用。氣象豈不煊赫可觀？一入聖賢秤尺，坐定不妥帖。學問之要如何？隨事用中而已。

學者窮經博古，涉事籌今，只見日之不足，惟恐一登薦舉，不能有所建樹。仕者修政立事，淑世安民，只見日之不足，惟恐一旦升遷，不獲竟其施爲。此是確實心腸，真正學問，爲學爲政之得真味也。

進德修業在少年，道明德立在中年，義精仁熟在晚年。若五十以前德性不能堅定，五十以後愈懶散愈昏弱，再休説那中興之力矣。

世間無一件可驕人之事，才藝不足驕人，德行是我性分事，不到堯、舜、周、孔便是欠缺，欠缺便自可耻，如何驕得人？

有希天之學，有達天之學，有合天之學，有爲天之學。

聖學下手處是無不敬，住脚處是恭而安。

小家學問不可以語廣大，溷障學問不可以語易簡。

天下至精之理、至難之事，若以潛玩沉思求之，無厭無躁，雖中人以下未有不得者。

爲學第一工夫，要降得浮躁之氣定。

學者萬病只一個『静』字治得。

學問以澄心爲大根本，以慎口爲大節。

讀書能使人寡過，不獨明理。此心日與道俱，邪念自不得而乘之。

『無所爲而爲』，這五字是聖學根源，學者入門念頭就要在這上做。今人説話第二三句便落在有所爲上來，只爲毁譽利害心脱不去，開口便是如此。

己所獨知，盡是方便；人所不見，盡得自由。君子必兢兢然細行必謹，小物不遺者，懼工夫之間斷也，懼善念之停息也，懼私欲之乘間也，懼自欺之萌蘖也，懼一事苟而其餘皆苟也，懼閑居忽而大庭亦忽也。故廣衆者幽獨之證佐，言動者意念之枝葉，意中過、獨處疏，而十目十手能指視之者，枝葉證佐上得之也，君子奈何其慢獨？不然苟且于人不見之時，而矜持于視爾友之際，豈得自然？豈能周悉？徒爾勞心，而慎獨君子已見其肺肝矣。

古之學者在心上做工夫，故發之外面者爲盛德之符；今之學者在外面做工夫，故反之于心則爲實德之病。

事事有實際，言言有妙境，物物有至理，人人有處法，所貴乎學者學此而已。無地而不學，無時而不學，無念而不學，不會其全，不詣其極不止，此之謂學者。今之學者果如是乎？留心于浩瀚博雜之書，役志于靡麗刻削之辭，耽心于鑿真亂俗之技，爭勝于煩勞苛瑣之儀，可哀矣！而醉夢者又貿貿昏昏，若痴若病，華衣甘食而一無所用心，不尤可哀哉！是故學者貴好學，尤貴知學。

天地萬物，其情無一毫不與吾身相干涉，其理無一毫不與吾身相發明。

凡字不見經傳，語不根義理，君子不出諸口。

古之君子病其無能也，學之；今之君子耻其無能也，諱之。

無才無學，士之羞也；有才有學，士之憂也。夫才學非有之難，而降伏之難。君子貴才學以成身也，非以矜己也；以濟世也，非以誇人也。故才學如劍，當可試之時一試，不則藏諸室，無以炫弄，不然鮮不爲身禍者。自古十人而十，百人而百，無一幸免，可不憂哉！

人生氣質都有個好處，都有個不好處，學問之道無他，只是培養那自家好處，救正那自家不好處便了。

道學不行，只爲自家根脚站立不住。或倡而不和則勢孤，或守而衆撓則志惑，或爲而不成則氣沮，或奪于風俗則念雜。要挺身自拔，須是有萬夫莫當之勇，死而後已之心。不然終日三五聚談，焦唇敝舌，成得甚事。

役一己之聰明，雖聖人不能智；用天下之耳目，雖衆人不能愚。

涵養不定底，自初生至蓋棺時凡幾變，即知識已到，尚保不定畢竟做何種人。所以學者要德性堅定，到堅定時，隨常變、窮達、生死只一般，即有難料理處，亦自無難。若平日不遇事時盡算好人，一遇個小小題目便考出本態，假遇着難者大者，知成個甚麽人！所以古人不可輕易笑，恐我當此，未便在渠上也。

屋漏之地可服鬼神，室家之中不厭妻子，然後謂之真學、真養。勉强于大庭廣衆之中，幸一時一事不露本象，遂稱之曰賢人君子，恐未必然。

這一口呼吸去，萬古再無復返之理。呼吸暗積，不覺白頭。静觀君子，所以撫髀而愛時也。然而愛時不同，富貴之士嘆榮顯之未極，功名之士嘆事業之未成，放達之士恣情于酒以樂餘年，貪鄙之士苦心于家以遺後嗣。然猶可取者，功名之士耳。彼三人者，何貴于愛時哉？惟知道君子憂年數之日促，嘆義理之無窮，天生此身無以稱塞，誠恐性分有缺不能全歸，錯過一生也，此之謂真愛時。所謂此日不再得，此日足可惜者，皆救火追亡之念，踐形盡性之心也。嗚呼！不患無時而患弃時，苟不弃時而此心快足，雖夕死何恨？不然，即百歲，幸生也。

身不修而惴惴焉毁譽之是恤，學不進而汲汲焉榮辱之是憂，此學者之通病也。

冰見烈火，吾知其易易也。然而以熾炭鑠堅冰，必舒徐而後盡；盡爲寒水，又必待舒徐而後温；温爲沸湯，又必待舒徐而後竭。夫學豈有速化之理哉？是故善學者無躁心，有事勿忘從容以俟之而已。

學問大要，須把天道、人情、物理、世故識得透徹，却以胸中獨得中正底道理消息之。

與人爲善，真是好念頭。不知心無理路者，淡而不覺；道不相同者，拂而不入。强聒雜施，吾儒之戒也。孔子啓憤發悱，復三隅，中人以下不語上，豈是倦于誨人？謂兩無益耳。故大聲不煩奏，至教不苟傳。

羅百家者，多浩瀚之詞；工一家者，有獨詣之語。學者欲以有限之目力，而欲竟其津涯；以鹵莽之心思，而欲探其藴奥，豈不難哉？故學貴有擇。

講學人不必另尋題目，只將四書六經發明，得聖賢之道，精盡有心得，此心默契千古，便是真正學問。

善學者如鬧市求前，摩肩重足，得一步便緊一步。

有志之士要百行兼修，萬善俱足。若只做一種人，硜硜自守，沾沾自多，這便不長進。

《大學》一部書，統于『明德』兩字；《中庸》一部書，統于『修道』兩字。

學識一分不到，便有一分遮障，譬之掘河分隔，一界土不通，便是一段流不去，須是冲開，要一點礙不得。涵養一分不到，便有一分氣質，譬之燒炭成熟，一分木未透，便是一分烟不止，須待灼透，要一點烟也不得。

除了『中』字，再没道理；除了『敬』字，再没學問。

心得之學，難與口耳者道。口耳之學，到心得者前，如權度之于輕重短長，一毫掩護不得。

學者只能使心平氣和，便有幾分工夫。心平氣和人遇事却執持擔當，毅然不撓，便有幾分人品。

學莫大于明分。進德要知是性分，修業要知是職分，所遇之窮通要知是定分。

一率作則覺有意味，日濃日艷，雖難事，不至成功不休；一間斷則漸覺疏離，日畏日怯，雖易事，再使繼續甚難。是以聖學在無息，聖心曰不已。一息一已，難接難起，此學者之大懼也。余平生德業無成，正坐此病。《詩》曰：『日就月將，學有緝熙于光明。』吾黨日宜三復之。

堯、舜、禹、湯、文、武全從『不自滿假』四字做出，至于孔子，平生謙退沖虛，引過自責，只看着世間有無窮之道理，自家有未盡之分量，聖人之心蓋如此。孟子自任太勇，自視太高，而孜孜向學，欿欿自歉之意似不見有，宋儒口中談論都是道理，身所持循亦不著世俗，豈不聖賢路上人哉？但人非堯舜，誰無氣質稍偏、造詣未至、識見未融、體驗未到、物欲未忘底過失？只是自家平生之所不足者再不肯口中説出，以自勉自責；亦不肯向別人招認，以求相勸相規。所以自孟子以來，學問都似登壇説法，直下承當，終日説短道長，談天論性，看着自家便是聖人，更無分毫可增益處。只這見識，便與聖人作用已自不同，如何到得聖人地位？

性躁急人，常令之理紛解結；性遲緩人，常令之逐獵追奔。推此類，則氣質之性無不漸反。

恒言『平穩』二字極可玩，蓋天下之事惟平則穩，行險亦有得底，終是不穩，故君子居易。

二分，寒暑之中也，晝夜分停多不過七八日。二至，寒暑之偏也，晝夜偏長每每二十三日。始知中道難持，偏氣易勝，天且然也。故堯舜毅然曰『允執』，蓋以人事勝耳。

裏面五分，外面只發得五分，多一釐不得。裏面十分，外面只發得十分，少一釐不得。誠之不可掩如此夫！故曰『不誠無物』。

休躡著人家脚跟走，此是自得學問。

正門學脉切近精實，旁門學脉奇特玄遠；正門工夫戒慎恐懼，旁門工夫曠大逍遙；正門宗指漸次，旁門宗指徑頓；正門造詣俟其自然，旁門造詣矯柔造作。

或問：仁、義、禮、智發而爲惻隱、羞惡、辭讓、是非，便是天則否？曰：聖人發出來便是天則，衆人發出來都落氣質，不免有太過不及之病。只如好生一念，豈非惻隱？至以麵爲犧牲，便非天則。

學問博識强記易，會通解悟難。會通到天地萬物爲一，解悟到幽明古今無間，爲尤難。

强恕是最拙底學問，『三近』人皆可行，下此無工夫矣。

王心齋每以樂爲學，此等學問是不曾苦底甜瓜，入門就學樂，其樂也，逍遥自在耳，不自深造真積、憂勤惕勵中得來。孔子之樂以忘憂，由于發憤忘食；顏子之不改其樂，由于博約克復。其樂也，優游自得，無意于歡欣，而自不憂；無心于曠達，而自不悶。若覺有可樂，還是乍得心；着意學樂，便是助長心，幾何而不爲猖狂自恣也乎？

余講學只主六字，曰：天地萬物一體。或曰：公亦另立門户邪？曰：否。只是孔門一個『仁』字。

無慎獨工夫，不是真學問；無大庭效驗，不是真慎獨。終日嘵嘵，只是口頭禪耳。

體認要嘗出悦心真味，工夫更要進到百尺竿頭，始爲真儒。向與二三子暑月飲池上，因指水中蓮房以談學問。曰：山中人不識蓮，于藥鋪買得乾蓮肉，食之稱美。後人市買得久摘鮮蓮，食之更稱美也。余嘆曰：渠食池上新摘，美當何如？一摘出池，真味猶漓。若臥蓮舟，挽碧筒就房而裂食之，美更何如？今之體認，皆食乾蓮肉者也。又如這樹上胡桃，連皮吞之，不可謂之不吃，不知此果須去厚肉皮，不則麻口；再去硬骨皮，不則損牙；再去瓤上粗皮，不則澀舌；再去薄皮內萌皮，不則欠細膩。如是而漬以蜜，煎以糖，始爲盡美。今之工夫，皆囫圇吞胡桃者也。如此體認，始爲『精義入神』；如此工夫，始爲『義精仁熟』。

上達無一頓底，一事有一事之上達，如灑掃應對，食息起居，皆有情義入神處。一步有一步上達，到有恒處，達君子到君子處，達聖人到湯、武。聖人達堯、舜，堯、舜自視亦有上達，自嘆不如無懷、葛天之世矣。

學者不長進，病根只在護短。聞一善言，不知不肯問；理有所疑，

對人不肯問，恐人笑己之不知也。孔文子不恥下問，今也恥上問。顏子以能問不能，今也以不能不問能。若怕人笑，比德山棒、臨濟喝，法壇對衆，如何承受。這般護短，到底成個人笑之人。一笑之恥，而終身之笑顧不恥乎？兒曹戒之。

學問之道，便是正也，怕雜。不一則不真，不真則不精。入萬景之山，處處堪游，我原要到一處，只休亂了脚；入萬花之谷，朵朵堪觀，我原要折一枝，只休花了眼。

日落趕城門，遲一脚便關了，何處止宿？故學貴及時。懸崖抱孤樹，鬆一手便脱了，何處落身？故學貴著力。故傷悲于老大，要追時除是再生；既失于將得，要仍前除是從頭。

學問要訣只有八個字：涵養德性，變化氣質。守住這個，再莫向迷津問渡。

點檢將來，無愧心，無悔言，無恥行，胸中何等快樂！只苦不能，所以君子有終身之憂。常見王心齋《學樂歌》，心頗疑之，樂是自然養盛所致，如何學得。

除不了『我』，算不得學問。

『學問』二字原自外面得來。蓋學問之理，雖全于吾心，而學問之事，則皆古今名物，人人而學，事事而問，攢零合整，融化貫串，然後此心與道方浹洽暢快。若怠于考古，恥于問人，聰明只自己出，不知怎麼叫做學者。

聖人千言萬語，經史千帙萬卷，都是教人學好，禁人爲非。若以先哲爲依歸，前言爲律令，即一二語受用不盡。若依舊作世上人，或更汚下，即將倉頡以來書讀盡，也只是個没學問底人。

萬金之賈，貨雖不售不憂；販夫閉門數日，則愁苦不任矣。凡不見知而慍，不見是而悶，皆中淺狹而養不厚者也。

善人無邪夢，夢是心上有底。男不夢生子，女不夢娶妻，念不及也。只到夢境，都是道理上做。這便是許大工夫，許大造詣。

天下難降伏、難管攝底，古今人都做得來，不謂難事。惟有降伏管攝自家難，聖賢做工夫只在這裏。

吾友楊道淵常自嘆恨，以爲學者讀書，當失意時便奮發，曰：『到家却要如何？』及奮發數日，或倦怠，或應酬，則曰：『且歇下一時，明日再做。』『且』、『却』二字循環過了一生。予深味其言。士君子進德修業皆爲『且』、『却』二字所牽縛，白首竟成浩嘆。果能一旦奮發有爲，鼓舞不倦，除却進德是斃而後已工夫，其餘事業，不過五年七年，無不成就之理。

君子言見聞，不言不見聞；言有益，不言不益。

對左右言，四顧無愧色；對朋友言，臨別無戒語，可謂光明矣，胸中何累之有？

學者常看得爲我之念輕，則欲念自薄，仁心自達。是以爲仁工夫曰『克己』，成仁地位曰『無我』。

天下事皆不可溺，惟是好德欲仁不嫌于溺。

把矜心要去得毫髮都盡，只有些須意念之萌，面上便帶着。聖賢志大心虛，只見得事事不如人，只見得人人皆可取，矜念安從生？此念不忘，只一善便自足，淺中狹量之鄙夫耳。

師無往而不在也，鄉國天下古人師善人也，三人行則師惡人矣。予師不止此也，鶴之父子，蟻之君臣，鴛鴦之夫婦，果然之朋友，烏之孝，騶虞之仁，雉之耿介，鳩之守拙，則觀禽獸而得吾師矣。松柏之孤直，蘭芷之清芳，蘋藻之潔，桐之高秀，蓮之淄泥不染，菊之晚節愈芳，梅之貞白，竹之內虛外直，圓通有節，則觀草木而得吾師矣。山之鎮重，川之委曲而直，石之堅貞，淵之涵蓄，土之渾厚，火之光明，金之剛健，則觀五行而得吾師矣。鑒之明，衡之直，權之通變，量之有容，概之平，度之能較短長，篷之卷舒，蓋之張弛，網之綱紀，機之經綸，則觀雜物而得吾師矣。嗟夫！能自得師，則盈天地間皆師也。不然堯舜自堯舜，朱均自朱均耳。

聖賢只在與人同欲惡，『己欲立而立人，己欲達而達人』，『我不欲人之加諸我也，吾亦欲無加諸人』，便是聖人。能近取譬，施諸己而不願，亦勿施于人，便是賢者。專所欲于己，施所惡于人，便是小人。學者用情，只在此二字上體認，最爲吃緊，充得盡時，六合都是一個，有甚人己。

人情只是個好惡，立身要在端好惡，治人要在同好惡。故好惡异，夫妻、父子、兄弟皆寇仇；好惡同，四海、九夷、八蠻皆骨肉。

『好學近乎知，力行近乎仁，知恥近乎勇』，有志者事竟成，那怕一生昏弱。『內視之謂明，反聽之謂聰，自勝之謂强』，外求則失愈遠，空勞百倍精神。

寄講學諸友云：白日當天，又向蟻封尋爝火；黃金滿室，却穿鶉結丐藜羹。

歲首桃符：新德隨年進，昨非與歲除。

縱作神仙，到頭也要盡；莫言風水，何地不堪埋？